Julia Nachtwald

Das Schmuckstück

Krimi

Impressum

Bibliografische Information der Deutschen Nationalbibliothek:
Die Deutsche Nationalbibliothek verzeichnet diese Publikation in der Deutschen Nationalbibliografie; detaillierte bibliografische Daten sind im Internet über http://dnb.dnb.de abrufbar.

© 2024 Julia Nachtwald

Herstellung und Verlag: BoD – Books on Demand, Norderstedt

ISBN: 978-3-758-31660-9

Das Schmuckstück

13. Februar, Faschingsdienstag

Das närrische Treiben auf den Straßen draußen stand in seltsamen Kontrast zur Ruhe im Büro. Silvio glaubte, so etwas wie die Ruhe vor dem Sturm zu spüren. Aber er schob den Gedanken beiseite. Heute doch nicht mehr. Für sehr viel später war er mit Sandrine im Ballhaus verabredet, einer ausrangierten Industriehalle, in der jetzt alle möglichen Events stattfanden.

Aber bis Sandrine aus Frankfurt zurück war, das würde dauern. Er zog die Jacke über und war schon halb zur Tür raus, da läutete das Telefon. Irgendwie hörte es sich dringend an. Er hob ab. „Ulla? Was gibt es?"

Ulla war vormittags zum Skifahren nach Tschechien abgeschwirrt. Gute zwei Stunden von Berlin entfernt in ein schönes Skigebiet.

„Bernstein, ich hab ein Problem."

Sie redete ganz leise, und klang schwach. Silvio war alarmiert.

„Was ist los? Sprich lauter, ich hör dich ganz schlecht."

„Ich bin gestürzt. Ich kann nicht Autofahren. Du musst mich abholen."

„Sag mal."

„Hier geht nix mehr weg. Kein Bus, kein Zug. Bitte hol mich ab."

„Ja, äh." Er sah auf die Uhr. Bis Sandrine ankam, war er zurück. Vier Stunden. So bis 22 Uhr. Insgeheim wünschte er sich, er hätte das Telefon einfach durchklingeln lassen.

„Wo bist du?"

„Ich schicke dir die GPS-Daten."

Pling. Schon waren sie da.

„Also dann, bis in zwei Stunden." Andererseits war Ulla eben Ulla und wenn sie ihn bat ihn abzuholen, dann war sicher, dass sonst niemand kommen würde. Immerhin fühlte er sich als edler Retter. Er gab die Daten ins Navi ein. Zwei Stunden Richtung Prag, hinter der tschechischen Grenze noch mal 20 Minuten ins Erzgebirge hinein. Na denn. Bernstein gab Gas. Es war stockdunkel als Silvio vor dem Cafe parkte. Es wirkte einladend und war hell erleuchtet. Ulla saß allein an einem Tisch für zwei und trank eine Tasse Tee. Sie hatte blaue Flecken im Gesicht.

„Hallo Ulla. Was ist passiert?" Er bestellte eine schnelle Cola.

„So ein Wahnsinniger hat mich umgefahren. Mich hat es geschmissen und ich bin ewig den Hang hinuntergerutscht. Irgendwo blieb ich liegen und zwei Skifahrerinnen haben mich aufgestellt. Ich kann nicht mehr."

„Ist was gebrochen?" Sie schüttelte den Kopf. „Nein, denke nicht, aber es tut einfach alles weh. Und selbst Autofahren kann ich auf keinen Fall." Silvio zahlte und trug ihre Ski zum Wagen. Auf dem Rückweg schniefte Ulla so vor sich hin. Ein Blick auf die Uhr, er war gut in der Zeit. Aber sein Handy würde demnächst aus sein, der Akku war schwach. Sein Ladekabel lag zu Hause. Kein Anruf von Sandrine. Er konzentrierte sich aufs Fahren, endlich tauchten die Lichter der großen Stadt vor ihm auf, endlich zurück. Erleichtert setzte er Ulla ab und fuhr heim. Endlich. Raus aus den Klamotten. Aber er hatte noch nicht mal die Schuhe aus, als das Festnetztelefon läutete.

„Silvio. In der Wohnung über mir ist ein Einbrecher." Das war Mathilda. Sie flüsterte. Ihre Stimme schwankte. So hörte sich Mathilda nur an, wenn sie Angst hatte. „Ich komme."

Automatisch legte er eine Rufumleitung auf Mathildas Festnetz.

Silvio rannte zurück zum Wagen, fuhr los, parkte vor direkt vor dem Haus und rief an. Mathilda warf ihm den

Schlüssel herunter. Er schlich hoch in den ersten Stock. Mathilda erwartete ihn bereits.

„Und? Ist er noch da?", fragte er. „Ich weiß nicht. Ich habe nichts mehr gehört. Es war nur so ein Knacken in den Dielen, als ob oben jemand herumgehen würde."

Oben war die Wohnung von Mathildes Sohn, der seit einiger Zeit in Spanien lebte und sie vermietete sie über Airbnb.

„Und die Mieter, du hattest doch welche?"

„Ja, aber die haben heute Mittag ausgecheckt."

„Phh. Ich geh mal hoch." Silvio vermied die Stufen von denen er wusste, dass sie knarrten. Er lauschte an der Tür, alles ruhig, noch einen Moment, dann sperrte er auf. Die Tür war nur zugezogen. Nicht abgesperrt. Hier war niemand. Das sagte ihm sein Gefühl. Er machte Licht an und kontrollierte alles: unterm Bett, die Schränke. Die Haushaltsnische. Er ging sogar raus auf die Dachterrasse. Nichts. Es sah alles absolut ordentlich aus. Nichts was auf einen Einbruch hinwies. Das Schloss war intakt, kein Kratzer, nichts, und an den Fenstern keine Spuren. Mathilda war zwar nicht der Typ dafür, aber das hatte sie sich wohl eingebildet. Trotzdem, sie wirkte verstört. Sie war schon die zweite heute.

„Kannst du heute hier bleiben?"

„Ja, lass mich das Telefon anstecken. Der Akku ist aus." Es war spät. Mathilda schenkte ihm einen Rotwein ein und brachte ihm eine Decke. Silvio übernachtete auf dem Blümchen Sofa, das zu kurz und zu schmal war, um wirklich gut zu schlafen. Er fühlte sich fertig als um halb drei Uhr morgens Mathildas Telefon läutete.

„Ulla, was ist? Kannst du nicht schlafen? Ich bin todmüde." Er war stinksauer, dass sie ihn aus dem Schlaf gerissen hatte.

„Das merkt man. Ich bin die dritte die es bei dir probiert. Was ist mit deinem Handy? Wir haben zwei Tote im Ballhaus."

Das Ballhaus. Bernstein saß senkrecht auf dem Sofa. Er hatte seine Verabredung mit Sandrine im Ballhaus vergessen. Wie konnte er nur? Das Vergessen von Terminen war sonst ihre Sache. Das Handy war auf lautlos. Vier Nachrichten von Sandrine. 22.00 Uhr. „Hallo Silvio, der Zug hat Verspätung. Ich komme in einer halben Stunde."

22.30 „Hallo Silvio, wo bist du?"

23.00 Uhr „Silvio, geh an dein Telefon, wo bist du? Ich steh hier seit einer halben Stunde vor dem Ballhaus. Ich friere gleich fest."

23.30 Uhr „Es reicht, ich geh heim. Du kannst mich mal."

Das hatte ihm gerade noch gefehlt. Sandrine war richtig sauer. So hatte er sie schon lange nicht mehr erlebt und schuld war er selbst. Inzwischen stand Mathilda im Bademantel im Türrahmen. „Mathilda. Ich muss los. Es gibt zwei Tote." Mathilda wurde kreidebleich. „Ja, und nochmals vielen Dank, dass du gekommen bist."

Er fuhr los. Das Ballhaus. Da traf sich heute alles was Beine hatte. Als er ankam, waren die Kollegen von der Spurensicherung schon vor Ort und

Lena die Gerichtsmedizinerin auch. Sie streifte die Handschuhe ab und sagte:

„Da war nichts mehr zu machen. Die haben was Tödliches konsumiert. Der Tod ist ca. um zwei Uhr eingetreten. Alles weitere morgen." Sie drehte sich zu Ulla. Sie musterte sie „Du siehst ja schrecklich aus." Ulla gähnte. „Ja, so fühle ich mich auch." „Hier, eine Salbe, die habe ich immer für die Kinder dabei.".

In der Luft lag der Geruch von Alkohol, Schweiß und Parfüm. Bis vor kurzem hatte hier die Musik gewummert und das Leben getobt. Jetzt herrschte Nüchternheit. Alles war in kaltes Licht getaucht, das unbarmherzig die verrutschten Kostüme, das verschmierte oder sich in der Hitze aufgelöste Make-up ausleuchtete. Auch die Location zeigte ihr wahres Gesicht: Der zerfurchte Betonboden und die Wände, von denen der Putz abblätterte, sahen in rotem und gelbem sicher Licht weit besser aus. Der Tod war das Ende aller Illusion.

„Die Kollegen nehmen von allen Clowns, Vampire, Feen und Seeräubern und sonstigen Gästen die Personalien auf und gesehen hat keiner was. Die beiden sind einfach so auf dem Boden gelegen bis irgendjemand bemerkt hat, dass sie nicht mehr atmen." Ulla hatte sich an ihn gewandt und ihn aus seinen Gedanken gerissen.

„Wer?"

„Jemand vom Catering. Der geht rum und sammelt die leeren Flaschen ein, damit es nicht zu viele Scherben gibt."

„Die beiden haben Champagner getrunken." Sein Blick fiel auf die Flasche, die auf dem Stehtisch neben den beiden halbvollen Gläsern stand. Die Flüssigkeit perlte nicht und sie schimmerte lila. Nicht besonders vertrauenerweckend. Ein teurer Champagner, gab es etwas zu feiern?

Aber war das ein Mord, könnte es nicht auch ein Unfall sein? Silvio versuchte die Gedanken zu sortieren. „Ulla, haben die hier sowas wie eine Überwachungskamera?" Sie schüttelte den Kopf. „Nein, das gibt es hier nicht."

„Und der Einlass?"

„War ab ein Uhr nicht mehr besetzt."

„Wir können nur auf private Handyfotos hoffen." Die Sache war ein Alptraum. Die meisten hatten gut konsumiert, konzentrierten die volle Aufmerksamkeit auf den Partner oder die Partnerin. Keiner kümmerte sich um sonst was, die Musik war laut, die Beleuchtung schwach. Ideal für alles was im Dunkeln bleiben sollte.

Die beiden Mädchen waren höchstens Anfang zwanzig und als Feen maskiert. „Wie wissen nichts über die Identität und die Handys müssen erstmal ausgewertet werden." Ulla gähnte.

„Dann war es das hier. Wir sehen uns das morgen an." Silvio atmete durch.

Endlich zu Hause war es halb fünf. Auf den Balkon und ein Bier, das war nicht mehr die Zeit dafür.

Er legte sich ins Bett, dieses Mal sein eigenes, und schlief anders als erwartet sofort ein.

14. Februar, Aschermittwoch

Die zerrissene Nacht hatte Spuren hinterlassen, Silvio fühlte sich miserabel und beim Gedanken an Sandrine hätte er sich am liebsten wieder hingelegt. Aber das Beste würde sein, einfach einen guten Zeitpunkt abzuwarten und sie anzurufen, also nicht vor halb elf.

Er fühlte sich ein kleinwenig besser, die Arbeit drängte, die toten Mädchen vom Ballhaus.

Trotzdem schickte er als erstes Sandrine eine Nachricht. *„Es tut mir leid. Ich weiß auch nicht was los war. Ich lade dich ein, zu was immer du willst* (das war gefährlich, dachte er sich) *und vielleicht kannst du mir verzeihen*?"

So wie er sie kannte, würde sie sich mit einer Antwort Zeit lassen.

Die Garderobiere wartete schon vor seinem Büro, als er eintrudelte. Sie hatte sich nicht mal umgezogen. Der Streifenpulli und die Jeans waren von gestern und um sie herum roch es nach Pommes und Burger.

„Also, mir ist da noch was eingefallen." Sie kaute auf einem Kaugummi herum. „Gestern, besser heute, es war schon spät also vielleicht kurz nach halb zwei, da trödelte so ein Hase an mir vorbei." Bernstein riss die Augen auf.

„Ja, kein echter, so jemand ganz in schwarz mit einem Hasenkopf auf. Lange Ohren sowas. In Braun, hellbraun."

„Wie groß war denn der Hase?"

„Bisschen kleiner als ich, also so um 1,60 rum."

„Was war der Hase dann weiblich oder männlich?"

Die Garderobiere schniefte. „Kann man so nicht sagen. Der Hase hatte ein ziemlich weites Sweatshirt an. Könnte auch eine Frau gewesen sein. Aber wissen tu ich das nicht."

Silvio hielt ihr ein Papiertaschentuch hin. „Danke."

„Und was ist? Hatte der Hase was dabei?"

„Da bin ich mir nicht sicher. Der hatte so einen dünnen Beutel dabei. Und dieser Hase ging wieder ein wenig später. Ich dachte, der hat jemanden gesucht, aber nicht gefunden, hatte ein wenig Mitleid, einfach so versetzt werden."

Sandrine wird doch nicht als Hase? Bernstein schob den Gedanken weit von sich.

„Das war`s dann, mehr weiß ich auch nicht."

Als nächstes kam der Typ vom Einlass herein. „Hugo Boys. Ich sollte vorbeikommen."

„Ist Ihnen etwas Spezielles aufgefallen?"

Hugo dachte nach. „Nicht wirklich."
„Gab es interessante Kostüme, zum Beispiel Hasen oder so?"

„Hasen? Ja, da hatten wir zwei davon. Aber die kamen schon so gegen 22 Uhr. Und einer davon, ich bin mir ganz sicher, aber das ist die von Radio Metropol. Die hat auch Fotos hochgeladen. Und der andere, das war der Stimme nach so ein aufstrebender

Politiker. Manfred Zenker. Da wollen sie immer nicht erkannt werden, aber verraten sich dann doch."

„Und ist Ihnen sonst was aufgefallen?"

Hugo dachte nach, starrte auf das Fenster. „Nein, die Stimmung war Bombe, der Schuppen so voll, dass man zeitweise nicht mal mehr umfallen hätte können. Also, ich musste zeitweise den Einlass sperren. Nach eins wurde es ein wenig leichter. Ein paar Gruppen sind weitergezogen."

Bernstein atmete auf, Sandrine hasste Gedränge, also verpasst hatte sie nichts, aber …Er schielte auf sein Handy. Sie hatte sich bisher nicht gemeldet.

Er zwang sich, sich wieder auf die Arbeit zu konzentrieren. „Haben Sie Fotos gemacht?", fragte er weiter.

„Nur private, aber die können Sie natürlich sehen. Aber ob die hilfreich sind?" Bernstein scrollte durch. Auf den ersten Blick nichts dabei. Trotzdem er kopierte alle auf den Rechner.

„Als ich die beiden am Boden liegen sah, dachte ich zuerst, wieder solche Schnapsleichen. Aber als sie nicht reagierten habe ich den Notarzt gerufen."

Hugo erhob sich sichtlicher erleichtert und verließ das Büro.

Ulla kam mit wehendem Mantel herein. „Wir haben Ergebnisse von der Rechtsmedizin. Lena sagt, der Tod ist ca. um zwei Uhr eingetreten, und die beiden hatten eine Überdosis Ecstasy intus. In der Champagnerflasche war kein Champagner, sondern flüssiges Ecstasy, absolut tödlich."

„Wie kann das passieren?"

„Gute Frage. Also, ich habe schon ein wenig recherchiert. Flüssiges Ecstasy wird im Labor hergestellt und als Konzentrat in Flaschen gefüllt. Das ist schon mal in Australien und auch in den Niederlanden vorgekommen."

„Ok, dann ist die Frage, wo kommt diese Flasche her, hatte die beide sie dabei oder kam sie vom Catering?"

Silvio dachte nach. „Und könnte die Flasche ein Irrläufer sein, also aus Versehen bei den beiden gelandet sein?"

„Du stellst Fragen." Ulla hatte sich inzwischen einen Tee gekocht und nahm einen Schluck. „Weiß der Hersteller schon Bescheid?"

„Es war eine Bambo, von der Größe her, und ja den Hersteller haben wir schon kontaktiert. Aber jetzt kommt`s die vom Catering behaupten, diese Größe hätten sie nicht im Sortiment."

„Also haben die zwei die Flasche selbst mitgebracht oder jemand hat sie ihnen hingestellt. Und wissen wir schon wie die beiden heißen?"

„Nein, die Handys werden erst ausgewertet." Silvio stand auf und fing an sich zu dehnen. Die gestrige Nacht saß ihm in den Knochen.

„Was haben denn die Gäste gestern noch erzählt, da war doch noch alles frisch.", fragte Silvio als er mit Dehnen fertig war.

„Also, es war gestern so, dass alle hacke dicht waren und die haben weder was gehört, die Musik war zu laut, noch gesehen, weil zu finster. Die haben alle nur auf sich selbst geachtet. Die haben nur auf die eigenen Füße aufgepasst."

„Sehr hilfreich. Und Fotos?"

„Da gibt es eine ganze Auswahl davon. Aber: auf den meisten siehst du nicht viel, nur Leuten die in die Kamera prosten, Selfies. Und qualitativ, na ja eben mit Promille."

„Ich brauch einen Kaffee." Silvio machte sich auf den Weg zum Automaten. „Und die Promi-Hasen?"

„Die wurden gestern schon befragt, die waren immer in der Gruppe unterwegs, die haben die Mädchen noch nicht mal bemerkt."

„Morgen Silvio, sag mal, was ist mit Ulla passiert, habt ihr euch geprügelt?" „Nein." Silvio warf langsam die Münzen ein, damit dieser Automat sie auch schluckte.

„Was ist passiert?"

Silvio hob den Becher Espresso vorsichtig aus dem Automaten.

„Es ist beim Skifahren passiert. Sie hatte einen Unfall."

„Ah, ok. Bist du jetzt mit Ulla zusammen?"

Silvio riss sich zusammen und unterdrückte seinen Ärger. „Äh, wie kommst du denn darauf? Bist du noch im Faschingsmodus oder was?"

„Ach vergiss es, habe mir schon gedacht, dass das so blödes Gerede ist."

Was war das jetzt? Manche Leute konnten einem schon auf den Geist gehen.

Er leerte seinen Espresso und fühlte sich ein klein wenig besser. Im Büro wartete schon Jens von der KTU auf ihn.

„Morgen Silvio." Sein Blick fiel auf Ullas grün-blaues Gesicht, dann auf Silvio.

„Er war`s nicht.", sagte Ulla und grinste. „Skiunfall."

Jens sah vom einen zum anderen.

„Na, denn. Ich hab da was für euch. Diese Champagnerflasche wurde erst an diesem Stehtisch geöffnet, der Verschluss lag auf dem Tisch. Und hier das sind Fotos von den beiden Mädels, hier macht die eine die Flasche auf und schenkt ein. Also, in die offene Flasche hat wohl keiner was reingekippt. Das Zeug war schon drinnen. Jetzt ist nur die Frage, wo kommt die Flasche her? Und, die Handydaten werden gerade ausgelesen. Die zwei kommen wohl aus Spanien."

Auch das noch. Er dachte sofort an Mathilda und ihre weitverzweigte Verwandtschaft. Hilde steckte den Kopf herein. „Silvio, der Chef möchte dich sprechen." Das war ja klar. Er ahnte es schon.

„Also diese Champagner – Sache ist schon ein Ding. Wie sieht es aus? Sie wissen die Presse will informiert sein und wissen, ob so etwas nochmal passieren könnte."

„Wir sind erst am Anfang, und es ist unklar, ob es ein Versehen ist oder woher die Flasche eigentlich stammt. Jedenfalls nicht vom Catering. Aber die zwei jungen Damen sehen nicht so aus als würden sie für eine Flasche über 200 Euro ausgeben. Wir werten die Fotos aus, die hochgeladen wurden und sehen, wer alles da war."

„Äh, noch was, Sie waren nicht zufällig mit ihrer Freundin selbst bei diesem Ball?"

„Nein. Ich habe Ulla vom Skifahren abgeholt, sie hatte einen Unfall."

Sein Chef lehnte sich zurück. „Deshalb die blauen Flecken."

Hoffentlich fragte der nicht auch noch, ob er was mit Ulla am Laufen hatte.

„Das war es dann auch schon und informieren Sie mich, wenn es etwas Neues gibt."

Höchste Zeit Sandrine anzurufen, bevor sie auf falsche Ideen kam, oder noch besser bei ihr direkt vorbeizuschauen. Gerüchte verbreiteten sich immer viel zu schnell.

„Ich muss kurz los." Ulla nickte ihm zu. Sie saß über den Fotos und glich sie mit dem Internet ab. Gleichzeitig fuhr sie mit einem Stein über ihr Gesicht.

„Äh, was machst du da?" Ulla lehnte sich zurück. „Das ist ein Heilstein, soll gegen blaue Flecken helfen."

„Also ein kalter Umschlag würde es auch tun, oder nicht?" Kopfschüttelnd verließ Silvio das Büro. So ganz überwunden hatte sie ihre Esoterikphase immer noch nicht.

Er lief zu Fuß zur Kanzlei, in der Sandrine arbeitete. „Hallo Frau Müller, ich wollte gerne zu Frau Pröls."

„Tut mir leid, sie ist gerade außer Haus." Silvio starrte sie an. „Aber ihr Wagen steht unten."

„Tja, vielleicht ist sie mit einem Kollegen unterwegs?" Silvio wurde kreideweiß vor Wut. Was sollte das jetzt?

„Dann richten Sie ihr aus, dass ich hier war."

 Er verließ die Kanzlei, ließ die Tür nicht einschnappen, wartete ein paar Sekunden und kehrte um. Die Tür zu Sandrines Büro stand auf, und Frau Müller redete mit ihr.

„Ok, dann kann ich auch reinkommen." Frau Müllers Gesicht leuchtete hellrot.

Sie verschwand aus dem Büro und Silvio schloss die Tür hinter ihr. Ihm schlug kalte Wut entgegen.

 „Sag mal, was platzt du hier einfach so rein. Du hast mich gestern versetzt, wo warst du überhaupt? Jedenfalls habe ich jetzt einen Termin." Sandrine griff nach Tasche und Mantel.

Er nahm ihre Hand. „Sandrine, es tut mir leid. Ulla hatte ein schweren Sturz beim Skifahren, und ich habe sie abgeholt und dachte, ich schaffe es bis zehn Uhr zum Ball, und dann war der Akku leer, und Mathilda hat am Festnetz angerufen, ich soll kommen, sie hätte einen Einbrecher im Haus."

Sandrine sah ihn nicht mehr ganz so abweisend an. „Und hatte sie?"

„Nein. Mir ist nichts aufgefallen. Jedenfalls habe ich darüber alles vergessen."

„Super Silvio, ganz toll. Und jetzt?"

„Lass uns heute Abend essen gehen."

„Leider keine Zeit." Sie zögerte.
„Vielleicht am Freitag, wenn nichts
dazwischen kommt."

Silvio atmete auf. Er drückte ihr einen
Kuss auf die Lippen. „Ich liebe dich."

„Dein Glück."

Silvio ließ sich Zeit beim Zurückgehen.
Die frische Luft tat ihm gut und er ließ
die Gedanken ziehen. Zwei Mädchen
auf einem Faschingsball, die waren
doch nicht allein? Wo waren die
dazugehörigen Partner? Endlich wieder
bei Ulla eingetrudelt, sagte sie: „Und
auch schon wieder da? Wir wissen

inzwischen, dass die beiden per Dating App junge Männer gedatet haben. Die sollten laut Chatverlauf noch auf den Ball kommen. Sehr spontan."

„Und?"

„Die ersten beiden waren um kurz nach zwölf schon wieder weg, das waren Kai Bäumler und Finn Wiesler und zwei andere trafen erst ein, als die beiden tot waren, und wir schon vor Ort. Und ich habe Fotos, auf denen der Tisch am Rand drauf ist." Sie machte eine Pause.

„Und Kai Bäumler und Finn Wiesler warten draußen."

Draußen saßen zwei mitgenommene Mitzwanziger, einer mit struwweligem Haar, speckigen Jeans und Sweatshirt, der andere wirkte seriöser, hatte halblanges Haar, graue Hose, schwarzer Pulli, Werbebranche, dachte Silvio.

„Kai Bäumler.", sagte der mit der speckigen Jeans. „Ich war um zwanzig vor zwölf da, Alisa und ihre Freundin waren völlig überdreht. Was die sich erwartet haben."

„Was denn?", fragte Ulla.

„Ja, abtanzen und Cocktails. Im Grunde wollten die zwei ein wenig Gesellschaft und jemanden, der ihnen Drinks ausgibt, bis sie morgens mit dem ersten Zug nach Hause fahren. Also nee, das wollte ich nicht."

„Und dann?"

„Ich bin wieder gegangen, das krieg ich überall. Und Finn hat das genauso gesehen. Der Typ den diese Marina gedatet hat."

„Hatten Sie Champagner dabei?" „Geht`s noch! Natürlich nicht."

„Und die beiden Mädchen?"

„Ne, die hatten Whiskey-Cola, Mai Tai und sowas."

„Und was meinst du?", fragte Ulla Bernstein. „Dieser Finn Wiesler hat das bestätigt und er war auch kurz nach zwölf weg. Aufgefallen ist ihm, dass

Alisa einen teuren Ring trug. Und er kannte auch nur den Vornamen von den beiden."

„Morgen bringen wir ein Foto von den Mädchen in der Zeitung, irgendjemand muss sie ja kennen."

Im Grunde war es viel zu früh, um nach Hause zu gehen, aber hier kam er auch nicht weiter. Irgendwie kamen sie nicht vorwärts. Viele Menschen und keiner hatte was gesehen. Normalerweise entwickelte sich bei ihm so ein Gefühl, in welche Richtung die Sache gehen musste. Aber hier Fehlanzeige. Er beschloss eine Runde laufen zu gehen, zu duschen und die Sache wirken zu lassen. Vielleicht ergab sich morgen ein Hinweis, der sie weiterbrachte.

Silvio packte seine Laufschuhe und fuhr raus an den See. Er entschied sich für die Tour am Ufer entlang. Das Wasser lag ruhig da, Silvio patschte durch Pfützen, die sich auf dem Feldweg gebildet hatten. Er lief weiter als er geplant hatte und erreicht völlig durchgeschwitzt den Wagen. Zu Hause hatte er das Gefühl, alles abgestreift zu haben, duschte, schnappte sich ein altes T-Shirt und eine ausgebeulte Jogginghose und sank in den Sessel vor dem Fernseher. Alles war in Ordnung. Bis Mathilda um kurz nach den 20 Uhr Nachrichten anrief.

„Silvio, es ist etwas Schreckliches passiert." Oje, wieder ein Einbrecher, dachte er.

„Die beiden Mädchen, die tot sind, das waren die beiden Mieterinnen. Ich habe es in der Abendausgabe gelesen."

„Mathilda, ich bin gleich bei dir. Warte mit allem was du vorhast, bis ich da bin." Sie schluckte. „Deine Kollegen sind schon da."

„Ok. Ich komme."

Die Kollegen waren bereits durch, als Silvio ankam. „Und ist Ihnen sonst noch etwas aufgefallen, etwas Außergewöhnliches?" Mathilda dachte nach. Hoffentlich sagt sie nichts von dem

Einbruch, dachte Silvio. Mit einem Blick auf ihn sagte sie: „Nein. Nichts Besonderes."

Silvio atmete auf. Es mussten nicht alle wissen, dass er hier die halbe Nacht verbracht hatte. Die Gerüchte reichten so schon. Als der letzte raus war, sagte er:

„Mathilda, das ist schrecklich mit den beiden. Stammten sie aus deinem Bekanntenkreis?"

„Nein, ich habe die Wohnung über Airbnb vermietet. Das habe ich auch schon Frau Hummer gesagt. Was ist denn der passiert?"

Ulla und Mathilda kannten sich bisher nicht persönlich. Silvio grinste.

„Allerdings, da fällt mir noch was ein, daran habe ich vorhin gar nicht gedacht. Ich habe gestern beim Aufräumen ein Foto gefunden. Das ist Alisa, der Mann kommt mir irgendwie bekannt vor." Sie hielt ihm ein Foto unter die Nase.

Silvio runzelte die Stirn. „Kann ich das haben?"

„Si. Woher kenne ich den bloß? Das Gesicht habe ich schon mal gesehen. Was bin ich froh, dass Esmeralda in diesem Jahr nicht da ist."

Mathilda holte einen Stoß Zeitung aus dem Altpapier und fing an die

Stadtteilnachrichten durchzublättern. „Mir kommt er auch bekannt vor.", sagte Silvio. Sie blätterte die Zeitungen durch. Silvio wollte eigentlich fahren, aber irgendwie hatte er das Gefühl, bleiben zu müssen.

„Hier. Das ist dieser Juwelier, da wo am Montag diese Trickdiebinnen zugeschlagen haben. Hier ist der Artikel."

Silvio sah sie anerkennend an. In seinem Kopf fing es an zu arbeiten. „Hat man die Diebinnen geschnappt?"

„Nein, zumindest steht hier nichts davon. Hier kannst du haben." Sie riss den Artikel aus der Zeitung und drückte ihn ihm in die Hand. Und dann sah sie auf die Uhr. „Silvio, du musst jetzt gehen. Alfredo kommt." Der Tango Tänzer. Alles klar. Es war ihm egal, in seinem Kopf arbeitete es.

Vielleicht waren die zwei die Diebinnen oder diese Alisa war Freundin von diesem Juwelier. Morgen würde die Sache besser laufen.

Er verabschiedete sich und fuhr nach Hause. Er lief direkt zum Kühlschrank, schnappte sich ein Bier und stellte sich raus auf den Balkon. Es war eine kalte, windige Nacht. Als seine Hände klamm wurden, zog es ihn zurück ins Warme. Morgen würde es besser werden.

15. Februar

Im Büro duftete es nach Ullas Teemischung Rose, Zimt und Orange. Sie schlürfte die erste Tasse und sichtete konzentriert sämtliche Fotos vom Tatabend.

„Morgen Ulla. Ich habe was für dich." Er legte Ulla das Foto von Alisa und dem Juwelier hin.

„Hier das ist der Juwelier Timmermanns aus der Fröhlich Straße, der wurde am Montag bestohlen von zwei Trickdiebinnen."

Ulla beugte sich vor. „Also kannte der Juwelier zumindest eine von den beiden. Woher hast du das Foto?"

„Das hatte Mathilda noch."

„Aha. Ganz korrekt ist das aber nicht. Warum hat sie mir das gestern nicht gegeben?"

„Sie war so aufgeregt und hat erst später dran gedacht."

„Soll ich das jetzt glauben oder was?" Ulla grinste. „Zeig mal was in den Akten steht."

Silvio atmete auf und suchte im Computer. „Hier, haben wir es." Er las vor:

„Trickbetrügerinnen klauen Schmuck aus Schaufenster"

Gegen 14.30 Uhr betraten die beiden Frauen das Geschäft und ließen sich von dem anwesenden Juwelier verschiedene Schmuckstücke zeigen. Sie entschieden sich für drei Ringe und zahlten 100 Euro an. Sie wollten den Rest des Kaufpreises abheben und bar bezahlen. Sie baten den Juwelier, die Ringe zu verpacken. Dafür verließ er höchstens für zwei Minuten den Verkaufsraum.

In dieser Zeit öffneten die beiden die Vitrine zum Schaufenster und entwendeten daraus mehrere Rolex und einen Diamantring. Als der

Juwelier in den Verkaufsraum zurückkehrte und die offene Vitrine bemerkte, flüchteten die Frauen."

„Und meinst du es waren die zwei? Vielleicht mit dem Juwelier abgesprochen?"

„Ich weiß nicht hier steht, dass die Frauen blond waren."

„Blond was heißt das schon. Dafür gibt es Perücken und sowas."

„Davon abgesehen ist die Beschreibung so allgemein, dass sie auf fast alle Frauen zwischen 20 und 25 zutrifft."

„Hab ich es nicht gesagt." Ulla triumphierte.

„Nicht so schnell, vielleicht kriegen wir irgendwo Aufnahmen von den beiden Trickdiebinnen."

Er musste Maartens fragen, der dafür zuständig war.

Es kribbelte in ihm, ein untrügliches Zeichen dafür, dass die Spur sie weiterbringen würde.

Doch Maartens sagte nur: „Weißt du, sowas gibt es nicht mehr oft. Die haben eine Kamera, aber der tote Winkel ist gefühlt der halbe Laden und die zwei Damen haben sich offensichtlich da aufgehalten, oder du siehst sie nur von hinten." Silvio warf einen Blick auf die

Bilder. Die Qualität war schlecht. Und von hinten hätte das beinahe jeder sein können. „Was habt ihr?"

Maartens schnaufte: „Also bisher wenig bis gar nichts. Keine Zeugen, und was es an Überwachungsvideos vielleicht gegeben hat, ist schon lange gelöscht."

Das war die Technik, wenn man nicht schnell genug war, war alles weg, nur um die Datenflut beherrschen zu können. Trotzdem würde er mit Ulla diesen Juwelier besuchen. Schon wegen des Fotos von ihm und Alisa. Wo war sie schon wieder?

In diesem Moment kam Ulla zur Tür herein. „Du, ich geh auf Hasenjagd."

„Wie bitte?"

„Ich klappere jetzt die Kostümverleihe ab, und frage nach, wer Hasenkostüme geliehen oder gekauft hat. So viele werden es ja nicht sein."

Sie hielt einen Ausdruck in der Hand. „Versuchen wir es mal bei den Top fünf".

Bernstein fuhr. Ullas Wagen parkte bis zum Wochenende in Tschechien. Bei den Parkgebühren im Parkhaus hätte sie auch ein Hotel nehmen können, dachte Bernstein. Sie fragten nach bei „Dailas World", „Im Dschungel", „Monsters und Mehr", im „Alles Theater".

Sie hatten noch einen winzigen Laden namens Tutti Frutti auf der Liste. Und

Bernstein zweifelte langsam daran, dass sie diese Aktion zum Erfolg führte. Beim Stichwort „Hase" kicherten die Verkäuferinnen immer, dann brachten sie einen Satz weiß-rosafarbene Hasenohren. Sehr flauschig. Am liebsten wäre er zurückgefahren. Schließlich hatte nur die Garderobiere etwas von einem dritten Hasen erzählt, sonst niemand. Wer konnte schon sagen, ob es Hasen wirklich gab, oder ob er ein Phantom einer Ballnacht war und sie hier nur wertvolle Zeit verloren.

Im „Tutti-Frutti" stand eine ältere Frau mit kurzen weißen Haaren und dunkler Brille im Laden uns sortierte Kleider. Sie sah die beiden über den Rand ihrer

Brille an, als sie nach einem Hasenkostüm fragten.

„Also wir verkaufen hier Second-Hand und den Fundus vom Kindertheater. In diesem Jahr hatten wir sicher keinen Hasen. Aber ich frag mal die Kollegin, wenn sie morgen da ist." Es roch nach einem Gemisch aus Mottenkugeln und Parfüm. Ein seltsamer Laden.

Bernstein schob ihr seine Karte hin. Die hält uns für verrückt, dachte er. Vielleicht sollten sie sich mehr auf die Gäste konzentrieren.

„Los Ulla. Steig ein. Das wird so nichts. Wir befassen uns jetzt nochmal mit den Gästen."

Aber sie kamen nicht dazu, sich weiter darüber Gedanken zu machen. Hilde rief ihn am Handy an.

„Der Ex-Freund von dieser Alisa ist in Berlin und er war im Ballhaus, es gibt einen Chatverlauf. Ich schicke euch das mal rüber."

„Lies mal vor.", sagte Silvio.

„Alisa, was ihr macht ist krank."

„Quatsch, ist schon passiert und gut gelaufen."

„Ich weiß nicht. Also ich bin in zwei Stunden in Berlin."

„Nein. Ich will das nicht."

„Wo seid ihr?"

„Wir gehen ins Ballhaus.."

„Ich komme dahin."

„Lass es."

„Es ist mir egal mit wem du da hin gehst. Wir müssen das klären."

„Also, das hört sich für mich heftig an."

„Könnte schon sein."

„Und wo ist der Typ jetzt?"

Ulla scrollte weiter. „In einem Hostel Nähe Hauptbahnhof." „Da fahren wir hin." „Wie gut ist dein Spanisch?" Silvio grinste. Dank Mathilda sprach er es fließend.

Silvio trat aufs Gas, allerdings nur bis zur nächsten Baustelle. Sein Magen knurrte. Beim nächsten Döner-Stand gab es Essen. Egal, ob Ulla wollte oder nicht. Sie war immer noch auf ihrem Smoothie-Trip.

„Halt beim nächsten Döner.", sagte Silvio und bedachte Ulla mit einem Seitenblick.

„Aber vorher statten wir Alvaro einen Besuch ab."

„Nur wenn es sein muss." Silvios Magen knurrte bedenklich. Aber er hatte Pech. Nichts in Sichtweite, keine Frittenbude, kein Döner, kein Schnellimbiss.

Ulla holte zwei Smoothies aus der Tasche. „Und willst du auch?"

„Nein." Das fehlte noch, dass er zum Veganer wurde.

Sie quälten sich durch den Verkehr bis zum Hostel. Ulla ließ die leere Smoothie-Flasche unter dem Beifahrersitz verschwinden. Typisch Ulla, dachte Silvio.

„Wie heißt er nochmal?", fragte er.

„Alvaro Diaz." Das Mädchen mit den vielen Zöpfen an der Rezeption, gab ihnen die Zimmernummer.

Alvaro schlief noch tief und fest als einziger in einem Vier Bett-Zimmer. Ulla weckte ihn. „Guten Morgen. Herr Diaz. Kriminalpolizei Berlin. Mein Name ist Hummer und das ist mein Kollege Bernstein."

Er fuhr hoch, stieß sich den Kopf und fragte: „Äh, ja?"

„Herr Diaz, es geht um ihre Freundin Alisa. Haben Sie sie gestern noch gesehen?" Er richtete sich langsam auf und rieb sich die Beule am Kopf.

„Ja ich war im Ballhaus. Sie war dort mit Marina. Die beiden sind wirklich verrückt."

„Wann waren Sie dort?"

„Ich bin hier mit dem Zug kurz vor 23 Uhr angekommen, im Ballhaus war ich kurz nach Mitternacht. Was ist denn mit Alisa?"

„Und haben Sie die beiden getroffen?" „Ja. Die haben sich Typen über eine Dating Plattform bestellt."

„Und was ist dann passiert?"

„Ich habe mit den beiden geredet, aber die waren völlig bescheuert."

„Und dann?"

„Mir hat es gereicht. Ich bin gegangen, ich habe Alisa gesagt, sie soll sich melden, wenn sie wieder normal ist."

„Und hat sie?"

„Nein. Ich fahre heute nach Hause."

„Hm. Das weiß ich nicht. Denn die beiden Mädchen sind tot.", sagte Bernstein.

Alvaros Knie gaben nach. „Wie ist das passiert?"

Bernstein zog die Zeitung mit dem Foto hervor. „Ecstasy im Champagner. Haben Sie nicht gesehen?"

„Nein, mein Deutsch ist nicht so gut."

Alvaro dachte nach. „Aber eine Champagner Flasche habe ich bei den beiden nicht gesehen."

„Und dann?"

„Dann bin ich wieder gegangen. Ich war müde und frustriert."

„Bleiben Sie noch ein paar Tage hier. Wir brauchen Sie hier vor Ort."

„Und was meinst du? War er`s?"

„Nee, der wer voll geschockt. Aber der weiß irgendwas, er hat nicht voll ausgepackt. Und was ist bei den Mädels „gut gelaufen". Da sollten wir nochmal nachhaken. Im ersten Moment dachte ich, er meint die Internetdates, aber es könnte auch was anderes gewesen sein."

„Wir fragen mal, was die Spanier über ihn wissen.", sagte Ulla.

Ulla hatte Glück, die Sachbearbeiterin sprach Deutsch. „Alvaro Diaz ist aufgefallen wegen Körperverletzung und Drogendelikten. Er ist wohl etwas temperamentvoll."

Das ließ ihn in einem anderen Licht erscheinen. Eifersucht war immer ein Thema.

16. Februar

Ulla und Bernstein standen vor dem Schmuckgeschäft der Timmermanns.

„Sieht so aus, als würden die über dem Laden wohnen."

Zwanzig vor neuen. Der Laden hatte noch geschlossen.

Sie läuteten an der Privatwohnung. Es dauerte bis ihnen eine Dame Ende fünfzig öffnete. Ihre kurzen graumelierten Locken fielen ihr in die Stirn.

„Ja bitte?"

„Bernstein von der Kripo Berlin, meine Kollegin Hummer, wir hätten einige Fragen an Sie."

„Ihre Kollegen waren schon da, aber bitte."

Sie trat zur Seite und ließ die beiden herein. „Kommen Sie mit durch ins Wohnzimmer. Wir haben Zeit bis halb zehn, dann öffnet der Laden.

„Werner, kommst du bitte?" Ihr Mann kam aus dem Büro. „Die Herrschaften sind von der Polizei."

„Ja, gibt es eine neue Spur?", fragte er.

„Setzen wir uns doch." Sie nahmen Platz. Silvio scannte den Raum. Landschaftsgemälde in Öl,

Perserteppiche, Echtholzmöbel. Nicht schlecht.

„Wie haben denn die Trickdiebinnen ausgesehen?"

„Ja mich brauchen Sie nicht zu fragen, mein Mann war allein im Laden.", sagte sie und verschränkte die Arme. „Ich habe mich gerade um die Katze unseres Nachbarn gekümmert. Der ist in Urlaub. Und um diese Zeit ist im Laden nie viel los."

„Die Frauen waren zwischen zwanzig und fünfundzwanzig Jahre alt. Sie waren sehr gepflegt.", sagte er.

„Was hatten die beiden an?"

„Beide Steppjacken in dunkelblau oder schwarz, und Jeans, ich weiß nicht so genau. Ich habe mir nichts gedacht, sie haben auch was angezahlt."

„Sie haben sicher davon gehört, dass zwei junge Damen bei einem Faschingsball durch Ecstasy aus einer Champagnerflasche umgekommen sind. Kennen Sie die?"

„Nein." Die beiden sahen erstaunt aus. Silvio legte ihnen das Foto aus der Zeitung hin. Die Qualität war nicht besonders. Der Juwelier zuckte um die Mundwinkel. Sie sah völlig teilnahmslos aus, schob ein silbernes Armband zurück unter den Ärmel ihres schwarzen Rollis.

„Aber", Silvio schob ihm das Foto hin. „Die kennen Sie doch."

Werner lief rot an. „Ja, ja, doch." Er rutschte auf dem Stuhl hin und her. Seine Frau sah das Foto mit versteinertem Gesicht an, dann sagte sie: „Möchten Sie etwas trinken, Wasser?"

Bernstein lehnte ab, Ulla nickte. Sie verschwand in der Küche, sie ließ aber die Tür offen.

„Ja, das Foto wurde letztes Jahr im Urlaub aufgenommen. Alisa war mit mir im Surf Kurs."

„Richtig, jetzt erinnere ich mich.", sagte seine Frau und stellte Gläser und eine Wasserflasche auf den Tisch.

„Und wann haben Sie Alisa zum letzten Mal gesehen?"

„Das ist gar nicht so lange her, sie war hier in Berlin mit einer Freundin.", sagte er.

„Ah. Und was haben sie gemacht?"

„Es war zufällig beim Einkaufen.", sagte seine Frau. „Ja, beim Einkaufen."

„Aber die beiden waren nicht in ihrem Geschäft?"

„Nein."

„Alisa ist tot?", fragte er.

„Ja und ihre Freundin Marina auch." Der Juwelier wurde blass.

„Geht es Ihnen gut?", fragte Ulla.

„Ja, geht schon." Seine Frau sah ihn strafend und beinahe mit Verachtung an.

„Ja, ich muss das jetzt fragen. Wo waren Sie denn am Aschermittwoch zwischen sagen wir 0 Uhr und 3 Uhr morgens.

„Also wir haben geschlafen, sind sogar recht früh schlafen gegangen.", sagte sie.

„Aber Zeugen gibt es dafür nicht?"

Sie überlegte. „Unsere Garageneinfahrt war zugeparkt. Wir hätten mit dem Auto nicht weggekonnt."

„Ok." Ihr Handy läutete.

„Entschuldigen Sie bitte." Sie nahm das Gespräch an. „Nein, Marie, wegen des Charity Turniers zugunsten dieses Kinderheims, wir müssen später reden."

Sie sagte zu Ulla gewandt: „Ich organisiere das Golfturnier mit einer Freundin. Der Erlös geht an das Kinderheim. Sie brauchen dringend eine bessere Ausstattung."

„Danke. Das war es erstmal."

„Noch was, waren Sie dieses Jahr im Fasching unterwegs? So in Verkleidung?"

„Nein, das ist lange her.", sagte sie. „Ach, was, Schatz, letztes Jahr auf Ellingers Hausball." Sie sah ihn strafend an.

„Das stimmt."

Sie gingen. „Es wäre auch zu schön gewesen.", sagte Ulla. „Und was jetzt?"

„Glaubst du den beiden?", fragte Silvio. „Er hat stark reagiert, als ihm klar wurde, dass Alisa tot ist."

„Ja, sie dagegen gar nicht. Glaubst du er hatte was mit ihr?"

„Das wäre ein Motiv. Und wir fragen mal, als was die beiden letztes Jahr verkleidet waren."

„Und lass uns die beiden einmal näher unter die Lupe nehmen. Mal sehen wie gut das Geschäft lief, wie es mit Gewinn und Verlust aussieht. Und wie gut die Ehe war."

„Und ob sie gerne Champagner trinkt?", fragte Ulla. „So in etwa." „Also dann übernehme ich mal die Ellingers.", sagte Ulla, „Und hör mir mal an, was sie sagen."

Sein Handy wummerte. *Sandrine: Ich hätte heute Abend Zeit. Du auch?*

Silvio antwortete sofort. *„Ja."* Ihm wurde warm ums Herz und der Tag war um einiges heller als zuvor.

Er war gespannt, was Sandrine sich für heute Abend hatte einfallen lassen. So ganz wohl war ihm nicht dabei. Sie hatte was beim ihm gut. Und das würde sie nutzen. Aber erstmal kochte er für sie.

„Also die Ellingers, es war ein Venezianischer Maskenball. Da waren keine Hasen. Und die Ehe der Timmermanns war soweit ok, sie waren schon lange zusammen, die üblichen Routinen, sagte Frau Ellinger."

„Und Affären?"

„Wenn, dann sehr verschwiegene, sie wusste nix davon."

„Wir nehmen uns diesen Diaz noch mal vor."

Alvaro saß im Gemeinschaftsraum und las. „Herr Diaz wir haben da noch ein paar Fragen. Sie haben geschrieben, *dass sie was klären müssen*. Was genau haben Sie damit gemeint?"

„Das ist jetzt wo die beiden tot sind nicht mehr wichtig."

„Aber für ist es wichtig."

„Es ging um Alisa und mich. Sie wollte aus Barcelona weggehen. Für immer."

„Wissen Sie warum die beiden nach Berlin gekommen sind?"

„Die wollten Abenteuer erleben."

„Sonst nichts?"

„Was denken Sie, warum sie sich mit Jungs verabredet haben."

„Und wer hat den beiden das Ballhaus empfohlen?"

„Wohl eine gemeinsame Bekannte, die sie letztes Jahr in Spanien kennengelernt haben."

„Kennen Sie die Frau?" Er schüttelte sich. „Nein."

Silvio wartete eine Weile, aber es kam nichts. „Kann jemand bezeugen, dass Sie schon um kurz vor eins wieder hier waren?"

Alvaro grinste. „Ja. Ich habe meine Zugangskarte verloren. Das gab Probleme an der Rezeption."

Irgendwie traute er es ihm nicht zu. Sich schlägern ja, aber Mord? Er kannte das Juwelier Ehepaar nicht.

Silvio war am Aufstehen, da fiel etwas zu Boden, und rollte unter den nächsten Stuhl. Es glitzerte. Er bückte sich, Ulla war schneller. Es war der Ring.

„Herr Diaz, das müssen Sie uns erklären."

„Das ist ganz harmlos. Alisa wollte, dass ich den Ring für sie mitnehme. Er war zu teuer."

„Das glaube ich Ihnen nicht.", sagte Bernstein.

„Sie kommen jetzt mit uns mit. Sie verschweigen uns etwas."

Aber er blieb dabei. „Dann haben Sie wohl auch den Champagner mitgebracht."

„Nein. Da war kein Champagner."

„Wissen Sie es gibt ein Foto, Alisa schenkt ein und der Ring ist an ihrem Finger zu sehen. Wenn sie den Champagner nicht gesehen haben, waren sie nochmal da. Und an dieser Zugangskartengeschichte stimmt etwas nicht."

„Ich habe die zwei nicht umgebracht."

Sie nahmen ihn mit und fuhren zurück. In Silvios Kopf vermischten sich alle Gespräche des Tages. Er unzufrieden mit diesem Tag, wieder kein Durchbruch.

Zum Abschluss ging Silvio nochmal alle Fotos durch, aber da war nichts. Nur der Account von dieser Moderatorin, den hatte er sich noch nicht angesehen. Anders als erwartet, hatte sie nicht viele Fotos gepostet. Am vorletzten Foto blieb er hängen. Es war unscharf, aber am Rand, das war ein Hase. Ein sehr schlanker Hase, so wie ihn die Garderobiere beschrieben hatte. Und die Zeit passte auch. Nach halb zwei. Er zoomte ihn heraus, aber da musste jemand ran, der was davon verstand. Er rief Jens an.

Von der Statur her, hätte es diese Juweliers Gattin sein können. Aber Beweis war das keiner.

Und wo war das Hasenkostüm? Wenn sie es war, hatte sie es sicher nicht mehr zu Hause.

Silvio war sich sicher, dass sie es war; aber er hatte keinen Beweis. Es gab keinen Zeugen. Aber allein, wie sie das Foto von Alisa mit ihrem Mann angesehen hatte, so voller Eifersucht, das machte sie verdächtig.

Aber wenn die beiden Mädchen zugleich die Trickdiebinnen waren, wo hatten sie dann die Beute gelassen? Im Schließfach der Mädchen im Bahnhof fand sich nur Geld, wenn auch eine ganze Menge.

Silvio machte sich auf den Weg, es war Zeit für heute Abend einzukaufen.

Filet, Wein, Salat, Baguette. Er deckte den Tisch, entkorkte den Wein. Und er fing an zu kochen.

Essenduft zog durch die Wohnung als Sandrine hereinspazierte. Sie küsste ihn, als wäre nichts gewesen und hob den Topfdeckel an, schnupperte und sagte: „Lecker".

Sie war versöhnt. Nach dem Essen lehnte sie sich zurück und sagte:

„Bernstein, das war lecker und jetzt frag endlich."

„Bitte was?"

„Was dir die ganze Zeit schon auf der Seele liegt."

„Wer bringt zwei junge Mädchen im Faschingstreiben um?"

„Du willst das Motiv?"

Er nickte. „Eifersucht.", sagte sie.

„Und jetzt lass uns rausgehen."

Silvio schluckte. „Kneipentour?"

„Ja, du hast gesagt, ich darf mir was wünschen oder so ähnlich. Ich will drei Locations testen. Die Nacht wird lang."

„Lass mich raten, du hast morgen keine Termine."

„Richtig."

Sie machten sich auf durch die Nacht. Zuerst landeten sie in einer Bar, die wie eine Wellblech-Garage aussah, mit erhöhter Tanzfläche am Ende, um diese Zeit völlig leer, alles in stahlgrau, einer funktionalen Theke mit Drinks ohne Ende und zu seiner Verwunderung natürlichen Blumen. Er wartete auf die Aliens. Sie kamen nicht. Dann liefen Sandrine und er weiter, seinem Gefühl nach in die Vergangenheit, in die vierziger Jahre. Und in diese Atmosphäre getaucht fiel etwas ein. Die Juweliers Gattin hatte ein silbernes Armband getragen. Und der Hase hatte auch ein Armband. Auch wenn es nicht gut zu sehen war. Es kribbelte in ihm. Wenn Jens das Foto hinbekam. Dann hätte er einen Beweis.

Sie redeten nicht viel, sie ließen sich durch die Nacht treiben, wie sonst auf dem Meer, sie überließen sich der Musik und verloren jedes Gefühl für die Zeit. Irgendwann wechselte der Rhythmus, er verließ seine innere Welt und sah sich um. Das Publikum war hier viel zu jung und er drängte Sandrine weiterzuziehen. „Die nächste Bar wird dir gefallen." Das Innenleben der Bar passte exakt zu Sandrines grün schillernder Hose. Alles im Raum war grün-türkis schillernd, die Theke war in jadegrünen Schuppen verkleidet und die Meerjungfrau saß schon neben ihm.

Als sie die Bar verließen, blinzelten sie ins grelle Tageslicht, was nur mit starkem Kaffee zu ertragen war.

Er winkte ein Taxi heran. „Sandrine, ich muss ins Büro." Er setzte sie an der Kanzlei ab.

Ulla war schon da und dieses Mal hatte sie Kaffee aufgesetzt. „Kaffee?", fragte sie.

„Ja, bitte extra stark." Er trank alles.

„Dieser Diaz weiß mehr. Wir holen ihn her."

„Guten Morgen Herr Diaz. Und wollen Sie uns endlich sagen, was genau los war?" Alvaro sah zerknirscht aus.

„Also gut, ich bin nochmal zurück. Die beiden prosteten sich gerade zu. Champagner. Ich dachte, was für einen Verrückten haben sie jetzt an Land gezogen. Wer spendiert denen Champagner. Jedenfalls fragte mich Alisa, ob ich auch einen Schluck möchte. Sie hatten noch nicht angestoßen. Ich wollte nichts. Sie hatte diesen Ring am Finger, ich fragte, von wem er ist, und sie sagte von einem Freund, sie sei „sein

Schmuckstück". Mir wurde ganz schlecht, wer verschenkt so was, außer er ist blind vor Liebe oder hat was Fieses vor."

„Was passierte dann?"

„Ich bin gegangen. Als ich mich nochmal nach den beiden umdrehte, lagen sie auf dem Boden. Keiner hat das registriert. Die tanzten alle weiter. Ich bin zurück, hab den Puls gesucht, aber da war nichts. Die waren sofort tot, und da habe ich Panik bekommen. Ich habe den Ring genommen und bin raus."

„Warum haben Sie nicht die Polizei oder den Notarzt gerufen."

„Die beiden waren doch schon tot. Und ich wollte in nichts verwickelt werden. Und den Ring, den brauchte sie doch dann nicht mehr."

„Und sonst? Ist Ihnen jemand aufgefallen?"

Alvarez dachte nach. Er trank jetzt doch von dem Kaffee. „Als ich zum zweiten Mal ins Ballhaus gegangen bin, das muss kurz nach halb zwei gewesen sein, da war am Einlass niemand mehr, nur so ein einsamer Hase kam mir entgegen."

„Wie sah er aus?"

„Nicht groß, sehr schlank."

„Noch was?" „Nein."

„Wieder dieser Hase.", sagte Silvo als Alvarez weg war.

„Hilde, sei so nett, schicke mir die Liste über den gestohlenen Schmuck aus dem Juwelierladen."

 Die Liste kam. Aber dieser Ring stand nicht drauf.

Er grübelte vor sich hin. Dieser Hase. Zwei Leute redeten von ihm und doch war er mehr ein Phantom als Realität, solange Jens nicht mehr aus dem Foto rausholen konnte.

Endlich meldete sich Jens. „Ich hab gemacht, was ging. Schau dir das Foto an. Ich schick es dir rüber. Aber freu` dich nicht zu früh, die Qualität ist schlecht."

Silvio starrte das stark vergrößerte Foto mit dem Hasen an. War das wirklich ein Armband? Ja, da war er sich sicher, aber ob es das von der Timmermanns war?

Das Foto war zu schlecht, um irgendetwas beweisen zu können.

Er brauchte Bewegung, traf sich mit Sandrine auf eine Currywurst. „Und hast du was herausgefunden?" fragte sie und leckte die Currysoße von der Gabel.

„Ja, es geht um einen Hasen."

„Ach was, Ostern kommt erst."

Sandrine lachte und sah auf die Uhr.

„Ich muss los." „Ok."

Sie überquerten die Straßen, rannten, ein Auto raste daher, Sandrine machte einen Satz, Bernstein stolperte, ein stechender Schmerz in seinem Bein, er war umgeknickt.

„Silvio. Alles ok?" Er rappelte sich auf. „Das tut weh." Sandrine winkte ein Taxi heran. „Wir fahren zu mir."

Sie machte ihm einen kalten Umschlag. Als ehemalige Rettungsschwimmerin an der Ostsee kannte sie sich mit Erste-Hilfe-Maßnahmen aus.

„Und einen Espresso bitte." Sie sah ihn streng an.

„Wie wär´s mit einer Schmerztablette?"

„Ja. Schon." Sie kam mit einem Glas Wasser und einer Tablette. Bernstein hielt still. Wie konnte sowas nur passieren? „Der Espresso kommt später.", sagte Sandrine.

Mitten in seine Schmerzen hinein läutete sein Handy. Es war Hilde: „Da hat jemand einen Beleg für euch gefaxt: Ein Second-Hand Maskenshop. „Tutti Frutti.""

Die ältere weißhaarige Frau, Silvio erinnerte sich, er fragte: „Was steht drauf?"

„Es ist eine Rechnung für ein aussortiertes Hasenkostüm aus dem Vorjahr. An Frau Petra Timmermanns."

Yes. Das war es. In ihm kribbelte es. Aber er konnte immer noch nicht beweisen, dass sie dort war. Ein Hasenkostüm war nicht strafbar. Und sicher hatte sie es gar nicht mehr. Silvio atmete aus. Wenn er nichts mehr fand, dann war es das. Zumindest für jetzt. Aber auf dem Hasen-Foto war ein Armband zu sehen. Wenn er beweisen konnte, dass es ihr Armband war, dann wäre der Fall gelöst.

Seine Schmerzen waren ihm egal. Er rief Ulla an: „Ulla hol mich ab, ich bin bei Sandrine."

Sandrine protestierte. „Wie, ich würde sagen, du gehst zum Arzt."

„Keine Zeit." Er legte das Handtuch zur Seite zog sich mit schmerzverzehrtem Gesicht den Schuh an, schlüpfte in seine Jacke, und humpelte zur Tür hinaus.

Sandrine sah aus dem Fenster. Ulla wartete schon.

Bernstein stieg ein. „Wir fahren zum Juwelier.", sagte er. Sie betraten den Laden. Der Juwelier sah von seiner Arbeit auf.

„Und was möchten Sie heute?"

Er stand im Laden, schob die Lupe vom Auge.

„Erkennen Sie dieses Armband?" Silvio deutet auf die vergrößerte Stelle.

„Das gehört meiner Frau.", sagte der Juwelier sofort. „Ich bin absolut sicher. Es ist die Form." Er deutete mit dem Kuli auf eine Stelle.

„Eine Frage noch, trinkt ihre Frau gerne Champagner?"

„Wir haben immer ein oder zwei Flaschen im Keller."

„Würden Sie bitte nachsehen?"

„Wenn Sie meinen."

Er kam zurück, räusperte sich. „Tut mir leid gerade ist nichts da."

Bernstein nickte Ulla und den Kollegen zu.

Sehr viel später am Tag

Sie lagen vorm offenen Kamin in Sandrines Wohnung. Bei Whiskey, Snacks, Nüssen, dunklem Brot gesalzener Butter und Schinken, löste Silvio den Fall für Sandrine auf.

„Warum glaubst du, hat sie das gemacht? Ich meine, einfach so zwei junge Mädchen umzubringen. War es Eifersucht?"

Silvio nahm einen Schluck Whiskey und genoss das leichte Brennen und die Wärme. „Die ganze Sache nahm ihren Anfang letztes Jahr im Sommer in Spanien. Die zwei Mädchen wollten das Ehepaar beklauen. Und die Frau hat es bemerkt. Statt die zwei an die Polizei auszuliefern, vereinbarten sie, dass sie nach Berlin kommen und einen Trickdiebstahl fingieren. Das hat uns dieser Diaz gesagt, nachdem wir die beiden festgenommen hatten."

„Aber hatte der Juwelier eine Affäre mit Alisa oder nicht?"

„Er war sehr interessiert an dieser Alisa und ihr Ex-Freund sagte auch, dass sie aus Barcelona weggehen wollte."

„Und hat die Juweliers Gattin gestanden?"

„Kein Wort ohne ihren Anwalt."

„Und die Beute?"

„Bei Mathilda wurde nichts gefunden und sie hat Ulla erzählt, die Mädchen wären am Montag sehr aufgeregt gewesen. Aber sie konnte sich nicht erklären warum."

„Es war der Diebstahl."

„Richtig, sie fanden aber keine Beute im Schließfach, nur Geld, die Timmermanns haben den Mädchen

Geld gegeben und die teuren Stücke behalten und zusätzlich die Versicherungssumme kassiert."

In Bernstein arbeitete es. Natürlich, es war der Einbruch. Das Schloss war nicht schwer zu knacken. Eine Scheckkarte reichte, wenn nicht abgesperrt war. Die Juweliers Gattin hatte überprüft, ob es Hinweise auf sie gab. Mathilda hatte nicht fantasiert.

Das Feuer prasselte und der Raum war wohlig warm. Es war auch bei Sandrine schön.

Im letzten Sommer

Sie saß unter dem Sonnenschirm und schwitzte aus allen Poren. Ihr Blick fiel auf ihren Mann. Von der Sonne verbrannt, döste er unter dem Sonnenschirm, die aufgeschlagene Zeitung war ihm aus der Hand gefallen und bedeckte seinen Bauch. Hach, was waren das für Zeiten, bevor sie ihn kennengelernt hatte. Aufregend und spannend. Ihr Leben war schön. Bis ihr damaliger Freund Norbert sie betrog mit ihrer besten Freundin Nina. Als sie ihm den Laufpass gab, garantierte er ihr: „Beim nächsten Coup lasse ich dich auffliegen." Das war eine Drohung, die ihr Leben veränderte. Sie klaute Schmuck und Norberts Freund Erich verhökerte das Zeug für sie.

Das war vorbei, denn Erich hielt zu Norbert. Das war klar. Also überlegte sie hin und her, wie ihr Leben weitergehen sollte. Sie rang sich durch. Nur noch einmal, und sie würde die Beute selbst verkaufen. Ihr war nicht wohl bei der Sache. Aber es kam anders.

Werner war ihr Hauptgewinn.

Eigentlich hätte es ihr letzter Coup werden sollen. Sie war gut darin und sie hätte zuschlagen können, aber sie tat es nicht. Er gefiel ihr. Und sie gefiel ihm. Er verpackte das Armband. Sie bezahlte es, was für sie eine völlig neue Erfahrung war, und er fragte sie, ob sie nicht miteinander einen Kaffee trinken könnten. Sie stimmte zu und aus ihr, der Trickdiebin, wurde die Juweliers Gattin mit Abo im Golfclub, Tennisverein und die hilfsbereite Nachbarin. Sie brauchte keine Angst mehr haben vor Norbert.

Nur manchmal sehnte sie sich nach ein wenig Adrenalin, etwas mehr Abwechslung, mehr Spaß, weniger Langeweile. So wie früher. Anfangs war dieses bürgerliche Leben spannend, interessant, sie kannte es ja nicht. Später fühlte es sich oft beengend an, aber der Gedanke an Norbert hielt sie in der Spur. Deshalb übersah sie auch, dass sich ihr werter Gatte immer wieder für andere Frauen interessierte.

Nur, vor drei Wochen war Norbert gestorben. Zuviel getrunken, zu hart gelebt. Sie ging zu seiner Beerdigung, wechselte mit Erich ein paar Worte. Und im Cafe am Friedhof ließen sie die

alten Zeiten aufleben. Es tat ihr gut,
zumal ihr „Hauptgewinn" sich zeitweise
auch als Niete entpuppte.

Es war zu heiß hier am Strand und sie
beschloss kurz aufs Zimmer zu gehen.
Sie sperrte auf und sah das Mädchen,
das in ihrem Koffer herumwühlte. „Was
soll das werden?"

Die kleine fuhr zusammen. „Nichts, gar
nichts."

„So, so für mich sieht das nach
Diebstahl aus, was haben wir denn
da?" Sie zog ihre Geldbörse aus der
Schürze. „Ich zeige Sie an."

„Nein, bitte." Ihr Mann war ihr aufs Zimmer gefolgt. „Dieses Miststück wollte uns beklauen.", sagte sie zu ihm.

„Zeig sie an."

Sie sah die Tränen, die dem Mädchen übers Gesicht liefen. Sie hatte Mitleid und gleichzeitig sah sie eine Gelegenheit. Innerhalb Sekunden formte sich ein Plan.

„Weißt du, wenn du mir einen Gefallen tust, dann kommst du so davon."

„Alles was sie wollen."

„Komm morgen um dieselbe Zeit."

Das Mädchen nickte. Sie brachte ihre beste Freundin mit.

Und so vereinbarten sie einen Trickdiebstahl. Die Mädchen sollten einen Teil der Beute behalten und sie kassierten zusätzlich die Versicherung. Sie wunderte sich nicht, dass ihr Mann zustimmte, denn Alisa gefiel ihm.

Der Plan brachte Schwung in ihr Leben.

Allerdings gab es einen Schönheitsfehler an der Sache. Alisa gefiel Werner mehr als gut war. Die beiden surften zusammen und sie verstanden sich gut, zu gut.

Sie hoffte, es würde sich geben. Aber Werner veränderte sich. Es war anders als sonst mit seinen Affären. Sie traute ihm nicht mehr.

Als Alisa mit Marina in Berlin war, wickelten sie die Sache ab wie besprochen und sie fand sein Handy. Er umwarb Alisa. Doch Alisa war zurückhaltend, war das echt oder pure Berechnung? Sie konnte es nicht einschätzen. Diese Spielverderber. Es verursachte ihr Unwohlsein. Das alles entwickelte eine Eigendynamik, die ihr Sorgen bereitete. Sie hatte etwas in Gang gebracht, und es entwickelte ein Eigenleben. Die Kontrolle war ihr entglitten.

Der Diebstahl lief gut, die Aussage bei der Polizei perfekt. Die Versicherung machte keine Schwierigkeiten, aber ihr fiel auf, dass neben dem Diamant Ring noch ein Turmalin Ring fehlte.

„Wo ist der Ring?"

„Ich habe ihn ihr geschenkt."

„Du hast was?"

„Du hast richtig gehört. Ich mag Alisa. Sie ist so gefühlvoll."

Das Wort Trennung lag in der Luft, auch wenn er es nicht aussprach.

Ihr wurde heiß und kalt gleichzeitig. Das würde sie verhindern. Sie dachte an die Flaschen Champagner, die ein Freund aus alten Zeiten bei ihr untergestellt hatte.

Und sie wusste, die Mädchen würden, bevor sie abreise,n ins Ballhaus gehen. Sie musste handeln.

Abends kochte sie für ihren Mann Eintopf wie seine Mutter. Er war besänftigt, und die Stimmung zwischen ihnen entspannte sich. Sie servierte ihm seine Portion mit der passenden Dosis Schlaftabletten. Morgen würde er ausgeruht und entspannt aufwachen, während sie in der Nacht die Probleme beseitigte.

Sie legten sich früh schlafen und er schnarchte sofort. Sie wartete bis kurz vor 22.00 Uhr. Dann machte sie sich auf zum Airbnb, wo die Mädchen übernachtet hatten. Die Tür zu öffnen war die leichteste Übung. Sie durchsuchte das Appartement. Hier war nichts, was die beiden mit ihr und ihrem Mann in Verbindung brachte. Als sie sich drehte, stieß sie an einen Tisch. Irgendetwas knarrte. Sie verharrte in der Stellung. Nichts rührte sich. Sie beeilte sich aus dem Haus zu verschwinden.

Sie ging nochmal nach Hause, sah nach Werner. Er schlief tief und fest. Es war zu früh, um ins Ballhaus zu gehen. Sie holte die Hasenmaske aus dem Keller, in der ihr Kopf verschwand. Dann packte sie den Champagner ein und machte sich auf den Weg ins Ballhaus. Nach ein Uhr morgens war

der Einlass verwaist, die Party tobte,
sie huschte an der Garderobe vorbei
hinein ins Getümmel. Mittendrin
feierten die beiden Mädchen an einem
Stehtisch. Zwischen Piraten und
Vampiren nahm niemand Notiz von ihr.
Sie schlenderte zu den Mädchen,
stellte ihnen den Champagner auf den
Tisch, die beiden bedankten sich bei
ihr. Sie wartete nicht, was passieren
würde.

Sie ging zurück nach Hause,
unterwegs entsorgte sie den
Hasenkopf im Müll. Zu Hause zog sie
die Sachen aus, legte sich zu ihrem
Mann ins Bett. Morgen würde ein

schöner Tag. Ein Tag wie jeder andere an Werners Seite.

Personen und Handlungen sind frei erfunden. Ähnlichkeiten mit lebenden oder bereits verstorbenen Personen sind zufällig und nicht beabsichtigt.